Pouf
Youpi

Édité par Hachette Livre
43, quai de Grenelle – 75905 Paris Cedex 15

PAPIER À BASE DE
FIBRES CERTIFIÉES

hachette s'engage pour
l'environnement en réduisant
l'empreinte carbone de ses livres.
Celle de cet exemplaire est de :
150 g éq. CO_2
Rendez-vous sur
www.hachette-durable.fr

Pierre Probst

Caroline et ses amis à Paris

hachette
JEUNESSE

« Comment ? Vous ne connaissez pas Paris ? »

Cette exclamation si souvent entendue par Caroline et ses amis a fini par les vexer.

Alors cet été, ils ont décidé de visiter la capitale de la France !

Caroline et ses amis

à Paris

hachette
JEUNESSE

PARIS
Panorama

Chers parents,

Nous voilà arrivés à Paris !
Les gens de l'hôtel sont très gentils,
mais ils paraissent surpris en voyant
mes petits amis ! De notre fenêtre,
on découvre Paris, ses maisons,
Notre-Dame, et la Tour Eiffel.
Nous irons la visiter aujourd'hui.
À demain, je vous embrasse très fort.

Votre Caroline.

DIRECTIONS
PORTE DE LA CHAPELLE
MAIRIE D'ISSY
SORTIE
CORRESPONDANCE RER

PARIS

Chers parents,

Nous étions contents de prendre le métro, mais quelle aventure ! D'abord, Pouf et Noiraud ont eu du mal à composter leurs tickets. Ensuite, Youpi et Bobi ont dérapé sur un escalier mécanique. Puis nous nous sommes perdus dans les couloirs ! Enfin, la plus belle : nous voulions voir la Tour Eiffel, et nous nous sommes retrouvés à Montmartre ! Je vous embrasse très fort.

Caroline.

PLACE DU TERTRE
Montmartre

PARIS - La Place du Tertre et le Sacré-Cœur

Chers parents,

Nous sommes montés en funiculaire au Sacré-Cœur, puis nous nous sommes promenés dans les rues de Montmartre. Que c'est joli ! Place du Tertre, il y a beaucoup d'artistes, et encore plus de touristes. Nous avons voulu imiter les peintres. Noiraud a raté son dessin à cause d'un petit chien, Pouf a utilisé trop de bleu, et Youpi a décoré un monsieur ! Mais en vacances, quelle importance !

Tendrement, votre Caroline.

PARIS –
Le Jardin des Tuileries
et l'Arc de Triomphe
du Carrousel

Chers parents,

Cet après-midi, nous sommes entrés dans le jardin des Tuileries en arrivant de la place de la Concorde. Comme terrain de jeux, il n'y a pas mieux ! On peut y faire des parties de cache-cache, des tours de manège et de balançoire, et voir Guignol ! C'est merveilleux ! Nous avons acheté des gaufres et des barbes à papa, puis mes petits amis ont sauté dans un bassin. C'est interdit, mais le garde n'a rien dit.

Je vous embrasse, Caroline.

LES
VOILIERS
SONT PRIÉS
DE NE PAS
GÊNER
LA
COURSE
merci

Flash interdit
no Flash

Chers parents,

Hier, nous sommes allés au musée du Louvre où se trouve la célèbre Joconde. Les touristes viennent du monde entier pour l'admirer. Mais quand on n'est pas grand, ce n'est pas facile de l'apercevoir ! Mes amis n'ont pas été très sages. Un monsieur a même dit : "On aura tout vu !" Nous, nous n'avons pas tout vu, il faudrait des jours et des jours pour visiter tout le musée !

Aujourd'hui, nous nous sommes promenés sur les quais de la Seine, admirant les étalages des bouquinistes. Pouf a acheté un livre, Kid a cherché des gravures. Un bouquiniste m'a confié la garde de son étalage, j'étais drôlement contente !

Je vous embrasse de tout mon cœur,

Caroline.

NE PAS TOUCHER
AUX LIVRES ANCIENS
DEMANDER AU VENDEUR
Caroline
occasion
exceptionnelle
1er tirage
LES MISÉRABLES
REPRODUCTIONS ORIGINALES
DE GRAVURES ANCIENNES
AUTHENTIQUES
CHIENS ET CHATS
AU CHOIX 5 F
ZONA
AU CHOIX
EUGÈNE SUE
LES
MYSTÈRES
DE PARIS

TÉLÉGRAMME
B- AUC 961 9 27 06 1447
Catastrophe stop Pitou envolé en
ballons stop disparu stop faisons
recherches stop Caroline

GLACES
Souvenirs de Paris
Souvenirs de la tour Eiffel
PARIS
PARIS
Paris
PARIS

- PARIS -
Centre National d'Art et de Culture
Georges Pompidou

Chers parents,
À Beaubourg, nous avons chanté :
"Il y a de quoi être stupéfait
en découvrant ce superbe palais
de verre, de tuyaux, de boulons,
au milieu des vieilles maisons !
Si grand-père voyait ça,
il n'en reviendrait pas.
Pitou, où es-tu ? Pitou, que fais-tu ?
Braves gens, si vous le retrouvez,
vous serez récompensés !"
Nous avons eu un succès fou, mais
personne n'a vu Pitou.
Je vous embrasse très fort, Caroline.

PARIS vu des Tours de Notre-Dame
La Tour St-Jacques et au fond :
le Sacré-Cœur

Chers parents,

Sur les tours de Notre-Dame, Boum était le plus essoufflé, et Bobi avait le vertige. Pouf a fait plein de grimaces pour ressembler aux gargouilles ! Tout à coup, nous avons vu Pitou passer au-dessus de nous. Nous avons crié : "Pitou, attention, tu n'as plus que quatre ballons ! Redescends vite, on t'attend !"

Tendrement, votre Caroline.

Monsie

à Cha

28190

Cou

TÉLÉGRAMME
INDICATIONS DE SERVICE
NUMÉRO
NOMBRE de mots
Pitou retrouvé sain et sauf stop
sommet de l'Obélisque stop grand
branle-bas place de la Concorde
stop police pompiers badauds
stop grande joie stop
Caroline
POLICE
SECOURS POLICE
POUR APPELER
BRISER LA GLACE
PARLER ICI

PARIS – Les quais de la Seine
la Cité et le Pont-Neuf

Chers parents,

Quelle joie d'avoir retrouvé Pitou ! Aujourd'hui, pour aller sur l'île de la Cité, nous avons traversé le Pont-Neuf. Youpi n'a pas voulu croire que c'était le plus vieux pont de Paris ! Tandis que nous jouons aux boules, Kid et Noiraud pêchent et regardent passer les bateaux-mouches. Demain soir, nous irons à l'Opéra. Mes amis sont ravis, mais regrettent que les vacances soient presque finies. À très bientôt !

Tendrement, votre Caroline.

OPERA
RIGOLETTO
opéra en 4 actes
musique de Verdi

Au bord de la Seine

Sept erreurs se sont glissées dans l'image de droite.
Peux-tu les retrouver ?

Solutions : le pull vert de la personne qui monte l'escalier, un anneau en plus sur le mur, le bâton de Caroline, une boule en plus derrière Caroline et une en moins devant elle, le bateau sur la Seine, le feuillage de l'arbre à droite de l'image.

Boum
Noiraud
Kid
Pipo